Quanto vale uma vida?

© Direitos de publicação
CORTEZ EDITORA
Rua Monte Alegre, 1074 – Perdizes
05014-000 – São Paulo – SP
Tel.: (11) 3864-0111 Fax: (11) 3864-4290
cortez@cortezeditora.com.br
www.cortezeditora.com.br

Direção
José Xavier Cortez

Editor
Amir Piedade

Preparação
Alessandra Biral

Revisão
Alessandra Biral
Fábio Justino de Souza
Jaqueline Lira

Edição de Arte
Mauricio Rindeika Seolin

Projeto Gráfico
Joãocaré

Dados Internacionais de Catalogação na Publicação (CIP)
(Câmara Brasileira do Livro, SP, Brasil)

Garcia, Edson Gabriel
Quanto vale uma vida? / Edson Gabriel Garcia; ilustrações Joãocaré. – 1. ed. – São Paulo: Cortez, 2011.

ISBN 978-85-249-1752-3

1. Literatura infantojuvenil. I. Joãocaré. II. Título.

11-05442 CDD-028.5

Índices para catálogo sistemático:

1. Literatura infantil 028.5
2. Literatura infantojuvenil 028.5

Impresso na Brasil – fevereiro de 2024

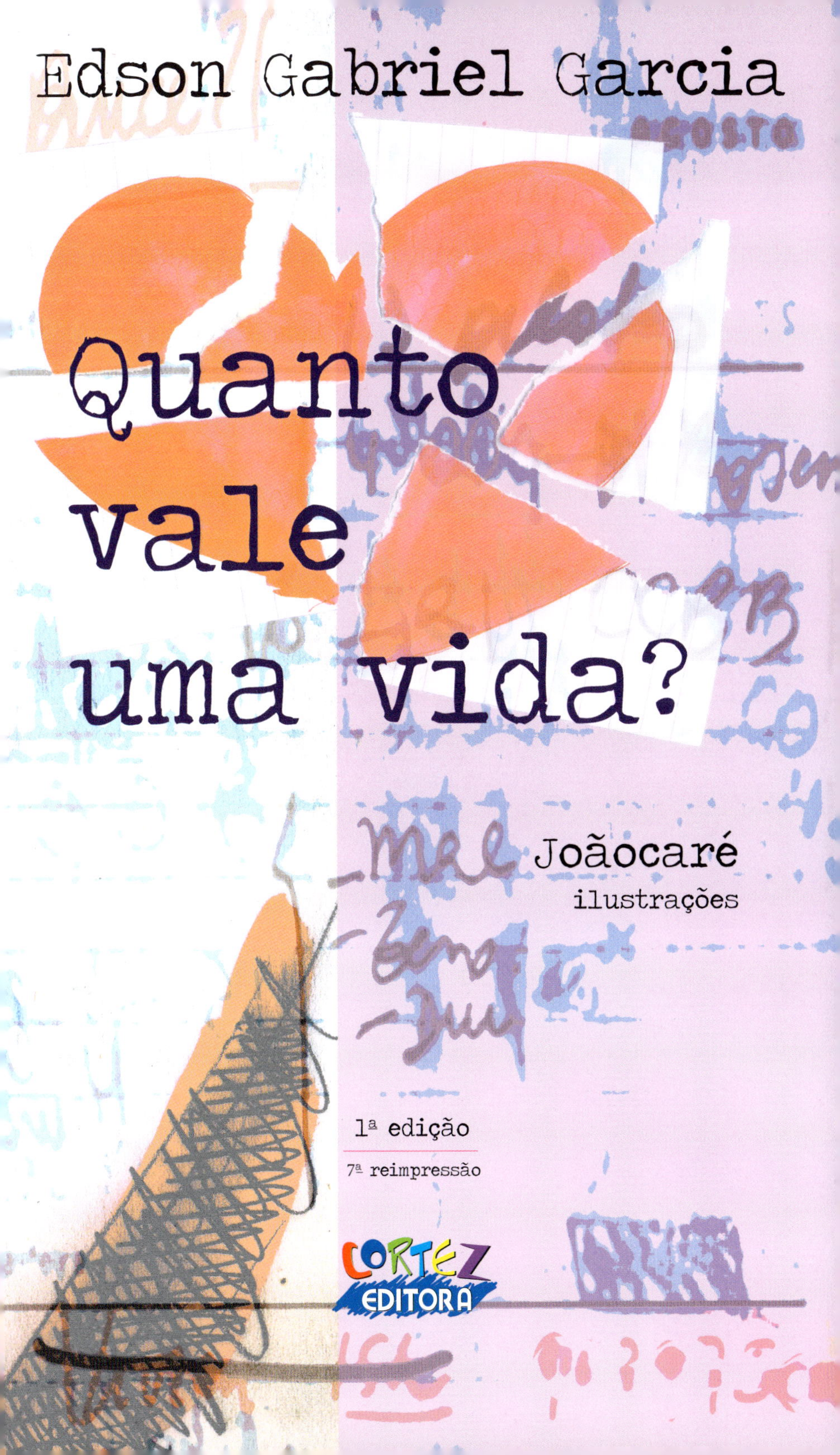

Edson Gabriel Garcia

Quanto vale uma vida?

Joãocaré
ilustrações

1ª edição
7ª reimpressão

CORTEZ EDITORA

1. No meio da noite, o vento sopra, as palavras se perdem e um coração sofre

Mariana assustou-se quando a luz forte de uma lanterna bateu-lhe sobre o rosto e os olhos. Quase cega pelo brilho intenso da luminosidade, fechou os olhos e entregou-se à sorte, sem saber o que poderia acontecer com ela. Sozinha, andava meio perdida nas ruas vazias e frias da cidade, a noite tirando sua tranquilidade, a falta de rumo. Em um breve instante, sua história de vida dos últimos meses desfilou na mente, em instantâneos breves e picotados. O começo de tudo, de seu inferno astral, das meninas insultando-a, ameaçando-a, agredindo-a, a princípio com palavras, depois com atos físicos e, por último, as ofensas pelo celular e as fotos na internet. Desesperada, sem a ajuda de ninguém na escola, com o afastamento de suas colegas mais próximas e com vergonha de se abrir com os pais, tomou um caminho desconhecido, abandonando sua casa e saindo pela cidade, sem rumo.

Cris chegou em casa, de volta do trabalho, perto das dezoito horas. Depois de um dia muito atarefado na bomboneria da qual era sócia, ansiava por um banho e, depois, beliscar alguma coisa, preparar um jantar mais calmamente e mais saboroso que o lanche rápido do almoço. Em casa, encontraria os filhos, Ricardo e Mariana, conversaria um pouco sobre qualquer assunto, sobre tarefas escolares, sobre o cotidiano, sobre os programas variados de tevê. O marido, Pedro Paulo, mestre de obras, chegaria mais tarde, já que sempre cabia a ele a função de verificar o trabalho dos funcionários e checar a programação do dia seguinte.

Assim que chegou, Cris foi chamando pelos filhos:

– Ricardinho, Mariana!

Uma resposta:

– Oi, mãe, tô aqui no quarto!

– E a Mariana?

– Não sei. Ela voltou da escola, deixou o material na sala e saiu. Mal falou comigo.

– Ela disse aonde ia?

– Pra mim, não. Não falou nada com você?

– Não... Talvez tenha ido à casa de alguma amiga. Daqui a pouco ela estará por aqui.

No entanto, o "daqui a pouco" de Cris se passou e Mariana não apareceu. Ela preparou alguma coisa para comer, o tempo andou mais um pouquinho e Mariana não veio. O escuro da noite chegou, mas não trouxe Mariana.

Estranhando a ausência da filha, Cris ligou para o celular dela. Sem resultado. Ele chamou, chamou, chamou, mas sem respostas. Só caixa postal.
– Maldito celular! Nunca funciona quando a gente quer!
Ricardo aproximou-se da mãe, com um celular na mão.
– Ela não vai responder, mãe. O celular dela está aqui.
– Como assim, Ricardo?
– Ué? Ela não está com o celular!
– Vocês são demais! Primeiro pedem para ter um celular, a qualquer preço, custo e sem necessidade. Depois que pegam o "bichinho" na mão, não atendem os pais, não dão satisfação ou não...
– Eu não... Estou sempre com o meu perto e pronto para responder...
– Mas sua irmã... Onde se meteu? Já passam das sete horas e ela não dá sinal de vida.
– Por que você não liga pra uma das amigas dela? Se for coisa da escola, elas saberão.
– É... Vamos fazer isso.
Cris pegou o celular de Mariana nas mãos e ficou com ele por alguns instantes, esperando um lance mágico, como se aquele objeto de desejo da filha pudesse dar notícias dela.

2. No diálogo, as informações descortinam um cenário desconhecido

Mariana vagara a manhã toda, perto de casa e da escola. Depois, quase na hora de voltar da escola, passou em casa e deixou sua mochila ali, com o celular tão desejado dentro dela, o lanche intacto, e saiu sem rumo. Andou a tarde toda, absolutamente sem saber para onde ir, aonde chegar, o que fazer. Sabia apenas que não queria mais voltar para casa, não mais queria voltar para a escola, não mais queria saber do que lhe estava acontecendo naquele lugar.
A tarde foi-se e a noite foi chegando. Incrivelmente cansada, ela se sentou à beira de uma mureta quebrada e olhou para frente. Não via nada, a não ser um buraco, um vazio, uma sensação de nada. Tinha o coração apertado, os pés doloridos, um pouco de fome e sede.

E medo. Não do escuro, pois tudo já parecia escuro antes, mas do que poderia acontecer dali adiante em sua vida. Vida? "Com que futuro?", pensava. Olhou para os lados e, naquele lugar desconhecido, encostou-se em uma parede, onde se deixou ficar.

Cris pegou a agenda coletiva de telefones, onde encontrou o tópico "amigas de Mariana". Ela ligou para duas delas, Sílvia e Naninha. Nenhuma das duas deu notícia da filha. Ligou para as duas restantes da lista, entre elas Didi, a amiga mais chegada da Mariana.

Tampouco ela sabia de Mariana. Disse que não tinham nada para fazer. Nenhuma tarefa especial ou diferente da escola, nenhum trabalho em grupo. E disse mais: Mariana vinha faltando muito na escola, inclusive nesse dia.

– Didi, você, que é a amiga mais próxima dela, não tem ideia de onde ela pode estar?

– Não, tia. Não sei. A Mariana anda muito estranha. Tem faltado muito, deixou de entregar trabalhos. Na semana passada, ela faltou na prova de Matemática.

– Ela tem saído de casa todo dia para ir à escola...

– Mas ela tem faltado. A gente quase não conversa mais... Nem o celular ela atende mais... Ela escapa da gente, fica sempre em um canto, assustada...

– Como assim, Didi?

– Ué... Parece que ela está sempre com medo de alguma coisa. Às vezes está perto de umas meninas de outra turma... umas meninas esquisitas... Uma delas é da nossa classe, uma garota mais velha e repetente... Não é boa companhia.

As pernas de Cris tremeram, o coração descompassou e os olhos marejaram de lágrimas. Ela apenas exclamou:

– Meu Deus!

Cris recompôs-se rapidamente e pediu que Didi chamasse a mãe dela.

– Posso falar com sua mãe, Didi?

– Pode, tia. Vou chamá-la.

Pelo telefone, Cris ouviu a menina gritar "mãe". Sentiu uma dor profunda no coração, uma saudade inexplicável, uma vontade louca de ouvir a filha chamá-la assim.
– Pronto.
– Laura?
– Sim.
– Podemos conversar um pouco?
– Claro.
Cris contou rapidamente o que estava acontecendo, sua preocupação com a filha e o desespero de não ter notícias dela.
– Tomo a liberdade de pedir que você converse com a Didi e pergunte a ela se sabe mais alguma coisa da Mariana. Essas coisas que as meninas sabem umas das outras e não contam para nós.
– Eu sei, Cris. Vou falar com ela. Espere um minuto.
Um minuto que pareceu uma vida. Quando a voz da mulher voltou do outro lado do telefone, Cris imaginou que seus problemas poderiam desaparecer. Doce ilusão. O problema só aumentou, ganhou mais intensidade.
– Ela não escondeu nada, Cris. Disse que falou tudo o que sabia para você. E que até pensou que a Mariana estivesse com problemas e vocês soubessem e estavam cuidando disso.
– Obrigada, Laura!
– Não há de quê. Se precisar, é só ligar.

"Problemas? Mariana com problemas? Ela sempre foi ótima aluna, dedicada e estudiosa. Nunca me deu nenhum problema na escola, e sempre foi elogiada pelos professores. Tudo o que uma mãe poderia querer".
"Problemas, que problemas??? Como não percebi isso!!", pensou uma desconcertada Cris. "Só se for crise de entrada na adolescência..."
O tempo avançava impiedosamente. Passava das vinte horas, quando o pai de Mariana chegou. Ele encontrou a mulher largada no sofá da sala, os olhos vermelhos, lágrimas volumosas.
Cris segurava nas mãos a agenda escolar da filha.

3. Na agenda, sinais de que as coisas poderiam não estar tão bem assim

O que é a noite diante da sensação de medo, de raiva, de insegurança e de falta de controle que Mariana sentia diante do que lhe vinha acontecendo na escola e mais adiante, além dos muros da escola, no visor do celular? Nada. Um nadinha. A noite era apenas um pedaço escuro do dia. Sua vida era uma escuridão imensurável.

Não conseguia entender por que tudo aquilo estava lhe acontecendo. Logo com ela, que não incomodava ninguém, que ficava na dela, que sempre fazia as tarefas escolares, que respeitava as pessoas e que procurava ser amiga de todo mundo. Quem poderia explicar o que lhe estava acontecendo? Qual o motivo da maldade tão grande daquelas meninas? O que queriam com ela, dela, além de magoá-la, de deixá-la sem ação, sem rumo? E por que essas coisas aconteciam e muitas outras colegas da escola viam e não faziam nada para defendê-la? Vítima da perseguição maldosa daquele grupo de meninas estranhas, Mariana havia perdido a noção do que era certo e errado, do que podia ou não podia acontecer, de como reagir se não tinha forças para isso. Como sair dessa dor que apertava, apertava, e que não conseguia dividir com ninguém? Na escola, ninguém tinha disposição para ouvi-la, e quem via parecia fechar os olhos; em casa, tinha vergonha de falar com a mãe, tão atarefada na administração dos negócios, e com o pai, Pedro Paulo, que ficava pouco tempo em casa.

– O que foi, Cris? Problemas nos negócios? – perguntou o marido.
Ainda chorando, ela lhe mostrou a agenda.
– Fale, mulher. Como posso adivinhar?
– A Mariana...
– O que tem a Mariana? Onde ela está?
– Eu não sei... – as lágrimas e os soluços interromperam-lhe a fala. – Ela sumiu...
– Como assim? Explique melhor.
Cris tentou explicar. Explicou, mesclando frases quebradas com lágrimas e soluços.
– Calma, Cris. Calma... Fique calma, que nós vamos resolver esse problema... Calma, ela vai aparecer.
Pedro Paulo falava por falar, sem ainda ter entendido o que estava acontecendo.
– Está escrito aqui, Pepê – e mostrou-lhe a agenda da filha.
– O que está escrito, mulher?
– O que estava acontecendo com ela na escola. E a gente sem saber...
– O que estava acontecendo?
– O quê? Leia aqui...
– Leio, mas o que é?
– *Bullying*...
– *Bullying*???
– É, *bullying*. Violência de outras meninas contra ela...
– Na escola?
– Na escola e fora da escola, pelo celular...
– Como assim, pelo celular? Dá pra explicar melhor?
Então Cris explicou ao marido, ilustrando seu relato com a agenda da filha, lendo como podia trechos do que ela havia escrito na agenda em datas diferentes.

Esta informação merece sua atenção!

Bullying: o que é isso?

Bullying é uma palavra originária da língua inglesa, ainda sem uma tradução exata na língua portuguesa. Em inglês, refere-se ao comportamento de um *bully*, um valentão, significando o conjunto de comportamentos agressivos e antissociais. São comportamentos claramente intencionais que se repetem com frequência, geralmente manifestados por uma pessoa ou grupo de pessoas contra alguém fragilizado. Essas agressões sucessivas deixam as vítimas do *bullying* sem reação, pois, não tendo forças para reagir, recebem todo o peso da carga de maldade e agressividade do *bully*, acarretando, muitas vezes, sérios prejuízos para sua saúde mental.

– E você acha que ela sumiu por isso?
– Não sei se ela sumiu, Pepê. Não sei o que aconteceu com ela hoje. Pode ter sumido, pode ter... Só Deus sabe!
– Não vamos ficar parados, Cris. Pegue um telefone e eu pego outro. Vamos ligar para hospitais, delegacias...
– Você acha?
– Ainda não acho nada. Só sei que temos de procurar.

4. Na agenda, as anotações de Mariana machucam o coração dos pais

Fazia cerca de três horas que Mariana estava parada, encostada à parede, no escuro daquele canto que escolhera para encostar o corpo. O tempo não passava, ou passava e ela não sentia. Nenhuma palavra, nenhum olhar, nenhuma amiga. Ninguém lhe oferecia ajuda, nem mostrava nenhuma solução. Ao contrário, sentia-se cada vez mais sufocada, acossada, cercada, sem saída. O que fazer quando não se sabe o que fazer, quando não se tem forças para fazer, quando não há pessoas por perto para mostrar o caminho da saída? Mariana estava perdida nesse redemoinho, com seu pensamento misturado à emoção forte da tristeza, esperando alguma coisa acontecer, mas sem saber o que aconteceria, quando a luz forte da lanterna bateu em seu rosto, em seus olhos. E uma voz metálica e forte, sem ser agressiva, perguntou:
– O que você está fazendo aqui, menina?

Cris e Pedro Paulo fizeram o que tinha de ser feito, ou melhor, o que podia ser feito naquelas horas: telefonaram para todas as delegacias e hospitais próximos da casa deles. Buscaram informações e deixaram nomes e endereço. Sem nenhum resultado concreto. Passava da meia-noite, e os ponteiros do relógio andavam sem parar, sem se importar com o sofrimento dos pais de Mariana. Aos poucos, aproximavam-se as horas da madrugada.

Após dezenas de ligações inúteis, eles estavam na sala da casa, com a luz acesa. Ambos pareciam bonecos inertes de cera.

Mecanicamente, Pedro Paulo folheava a agenda de Mariana, assustando-se novamente com os registros apavorados da filha.

Aqui e ali, a letra conhecida da menina registrava os acontecimentos, seu desconforto e sofrimento, o pedido de ajuda diante de coisas que ela não entendia.

Estranhas essas meninas... Andam em grupo e parecem uma gangue. Outro dia, duas delas me cercaram, olharam feio para mim, e uma delas me perguntou:

Tá procurando encrenca, hein, fofinha?

Ou então, mais adiante:

Elas não desistem. Parece que me escolheram como alvo. Ontem, na saída, umas quatro ou cinco delas me cercaram, afastando uma das minhas amigas, e passaram a mão em meu rosto. Uma delas me provocou, com a língua para fora, dizendo palavras e frases estranhas:

Tá com medo, fofinha? Fica não! Você é nossa, fofinha. Vai aprender com a gente como se vive mais gostoso, comendo aqui, ó, na minha mãozinha...

Ou ainda:

Estou com medo. Não sei dizer direito o que se passa na cabeça delas... O porquê dessa coisa estranha comigo, só comigo... Como se eu fosse uma vítima delas... No dia seguinte, recebi bilhetes anônimos apenas com a palavra ripa. Por que me insultam dessa forma? Ninguém tem nada com isso, se sou ripa ou não...

E mais:

Tenho medo de atender o celular. Se não reconheço o número, eu não atendo.
Não quero escutar mais nada... Depois daquela musiquinha horrível me zoando. Não vejo os torpedos... Não leio as mensagens...
O celular que eu tanto desejei virou uma pequena caixa de horrores na minha vida.

Pedro Paulo lia, fechava a agenda, abria de novo e lia outros trechos. Um deles era constrangedor:

Elas me seguiram até o banheiro, sem que eu percebesse. Quando vi, três delas me empurraram para dentro de uma das cabines e assim, sem mais nem menos, me mandaram tirar a camiseta, sob a ameaça de alguma coisa que parecia ser um canivete. Eu tremi... Por que eu?... Em um instante, quase todo mundo sumiu do banheiro. Só ficaram duas meninas de outra sala, olhando aquilo acontecendo comigo... Como se não estivesse acontecendo nada... E as outras aprontando comigo... Uma delas tirou fotos minhas, meu rosto apavorado, a camiseta erguida e parte do meu corpo à vista...
Para onde vão essas fotos???
Pro *blog* delas???

Tenho medo de saber... Centenas de pessoas vendo essas fotos minhas em situação ridícula... Elas se chamam Bonde da Maninha... Ameaçaram me riscar de canivete se eu abrisse o bico... Dizendo coisas do tipo:

Branquela, metidinha, careta... Tá pensando que veio aqui na escola se mostrar? Você achou o que estava procurando.

Estas informações merecem sua atenção

As faces do *bullying*

O *bullying* não é um comportamento decente. É covarde, dissimulado. Por isso, nem sempre é facilmente percebido pelas pessoas que não estão envolvidas em uma ação de *bullying*.
Fique atento(a), já que as escolas são um palco onde muitos casos de agressão acontecem. Observe se ocorre alguma mudança no comportamento de seus colegas. Talvez eles estejam sofrendo ações dos valentões covardes praticantes de *bullying*. Apelidos maldosos, desconcertantes, que impõem vergonha ao apelidado, insultos cruéis, constrangimentos, ameaças, cercos físicos, todo tipo de ameaça covarde do grupo contra uma só pessoa, piadinhas que magoam e mexem com a dignidade pessoal são algumas das práticas do *bullying*. Evidentemente, essa prática intencional se avoluma e se torna insuportável por ser constante, sempre envolvendo as mesmas pessoas, os agressores e as vítimas.

Cyberbullying: ações com tecnologia da informação

Além dessas manifestações no mundo real, no mundo virtual, na rede mundial de computadores – internet –, podem ocorrer atos do *bullying* virtual, conhecido com *cyberbullying*. São ações muitas vezes anônimas, consistindo-se de boatos, fofocas, mentiras, insinuações, fotomontagens, etc., que se multiplicam com incrível rapidez e descontrole, potencializando o efeito sobre as vítimas. Esses atos não se restringem somente à escola, extrapolando seus muros, atingindo outras comunidades, inclusive as de adultos. Os meios virtuais mais utilizados para disseminar difamações e calúnias são *chats*, *e-mails*, torpedos, *blogs* e *fotoblogs*, entre outros.

Muitas vezes, o prazer de possuir um celular se transforma no horror de se ver e se sentir vítima desses atos repletos de maldade. Autores de ações de *bullying* no mundo real desculpam-se com explicações de que "são meras brincadeiras"; em contrapartida, os autores do *cyberbullying* escondem-se, sem precisar se justificar ou desculpar, no quase total anonimato e na multiplicidade de possibilidades.

Por ser uma atitude covarde, o *bullying*, em todas as suas manifestações, é sempre camuflado, dissimulado. Isso faz que a identificação dos casos se torne mais difícil.
Por isso, é fundamental que haja a colaboração de todos os que trabalham, estudam ou circulam nas escolas, já que é nesses locais onde o *bullying* ocorre com muita frequência. No entanto, esses atos de violência também podem ocorrer no local de trabalho e na comunidade.

– Eu nunca percebi nada, Pepê. Nada que pudesse me alertar sobre o que ela estava passando. Às vezes eu a achava um pouco triste, mas pensava que era coisa da adolescência... Essa fase em que as meninas ficam mais fechadas, voltadas para si mesmas, para o espelho...

Um dos escritos, uma sequência de palavras e uma frase, era um grito de desespero.

Ripa... Ripa... Eu não aguento mais!
Eu vi... Tem foto minha no *blog* delas...
Tá lá... Um horror...
Quem pode me proteger disso???

Era como se o pedido de socorro ficasse solto, parado no ar, enfrentando os pais sem que eles pudessem fazer alguma coisa.

A leitura de outros trechos da agenda dava pistas mais concretas para Cris compor uma hipótese sobre o panorama da situação:

a filha estava sendo perseguida
e insultada na escola por outras
meninas, e o alvo delas era o corpo
magro, muito magro, de Mariana.
– Tanta maldade... Em troca do quê?
Eles estavam assim prostrados,
quando o telefone tocou. Pedro Paulo
deu um pulo da cadeira onde estava
sentado e atendeu ao telefone.
– Alô!
Do outro lado da linha, uma voz
metálica disse alguma coisa.
Pedro Paulo respondeu aflito,
depressa, aos trancos e barrancos.
– Sim, é aqui... Sou... É... Onde ela
está? Diga logo... Vou anotar...

5. No meio da madrugada, entre abraços apertados e vozes emocionadas, os familiares se reencontram

– É de uma delegacia. Ela está lá...
– Ah, meu Deus! Graças a Deus! Vamos... Vamos...
– E o Ricardinho vai ficar aqui sozinho?
– Eu falo pra ele ficar no quarto... Nós voltaremos logo.
– Então vamos...
O filho mais novo do casal dormia aparentemente tranquilo. Pedro Paulo acordou o menino e disse-lhe para ficar no quarto, que os pais sairiam para buscar Mariana. Ele ouviu, mais ou menos acordado, concordou e voltou a dormir.
De madrugada, Pedro Paulo e Cris tiraram o carro da garagem e avançaram por ruas vazias e silenciosas, cidade afora.
– Você conhece mesmo o lugar, Pepê? Sabe como chegar lá depressa?
– Sei, mulher. Fique calma, que eu conheço bem o lugar. Já trabalhamos por lá. Em quinze minutos estaremos lá...
Depois desse breve diálogo, os dois ficaram calados durante todo o trajeto.

Pedro Paulo ia atento ao caminho, os olhos cuidadosos concentrados nos sinais de trânsito e em outros possíveis veículos noturnos. Cris recostou-se no banco do carro e fechou os olhos. Então abriu o pensamento, à procura de respostas: "Como ela não havia percebido? Por que a filha não a procurara? Por que a escola também não se pronunciara? E as amigas? Como ninguém identificou o problema tão grave com uma aluna tão boa?"

Foi interrompida em suas reflexões com a frase seca e curta do marido.

– Chegamos!

Cris abriu os olhos e viu um prédio grande, feio, malcuidado, com várias viaturas policiais estacionadas no pátio. No alto do edifício público, uma placa dava conta de que ali era uma delegacia de polícia. Embaixo da identificação, um *slogan* desses programas de governo dizia algo sobre ali ser uma delegacia comunitária. Qualquer coisa parecida, pela qual Cris não se interessou, apressada em encontrar a filha.

Dentro da delegacia, eles se identificaram e aguardaram cerca de três minutos, que pareceram mais longos que a vida toda.

Um policial com roupas de civil aproximou-se deles, pedindo-lhes que o acompanhassem. Após caminharem por um pequeno corredor, chegaram a uma sala pequena, em cuja porta se lia uma placa com os dizeres: "Delegado", seguido pelo nome do delegado de plantão.

– Ela está aqui. Está muito assustada. Agora não é hora de bronca. Só carinho... A conversa séria fica para depois...
– Eu sei... Nós sabemos... Abra logo, por favor...
O policial abriu a porta, e Cris viu a filha sentada em uma cadeira de couro sintético preto, rasgada em um dos cantos. Era sua filha, a Mariana de sempre, mas o rosto apresentava marcas de uma pessoa assustada, triste e cansada.
– Mariana...
O abraço entre ambas foi longo, demorado e cheio de significações. Pedro Paulo, com duas lágrimas perdidas no rosto sério e sisudo, aproximou-se de ambas e ampliou o abraço. Uma de suas mãos encontrou outra mão, a da filha, e se tocaram. Mãos frias por razões diferentes.
Muitas lágrimas selaram o encontro. No silêncio daquela madrugada, mãe e filha, pai e mãe selaram um acordo de ajuda e carinho mútuos, que prometia alguma coisa para o futuro.
Depois da burocracia de praxe, os três saíram abraçados da delegacia. Voltaram quase em silêncio total, Mariana e Cris no banco de trás, abraçadas. Uma vez ou outra, um soluço cortava o ar. Pelo menos era sinal de que os corações marcavam presença.

- Chegamos! - disse Pedro Paulo, aliviado.
Em casa, já com a madrugada avançando a caminho de um novo dia, Cris foi com Mariana para o quarto da garota. Em silêncio, acomodou-a na cama e cobriu-a com um lençol leve. Deu um beijo no rosto da filha e disse:
- Descanse, minha filha. Amanhã a gente conversa... Tudo o que temos direito... Pode ser?
Mariana demorou um pouco para responder. Não falou nada, mas acenou positivamente com a cabeça.

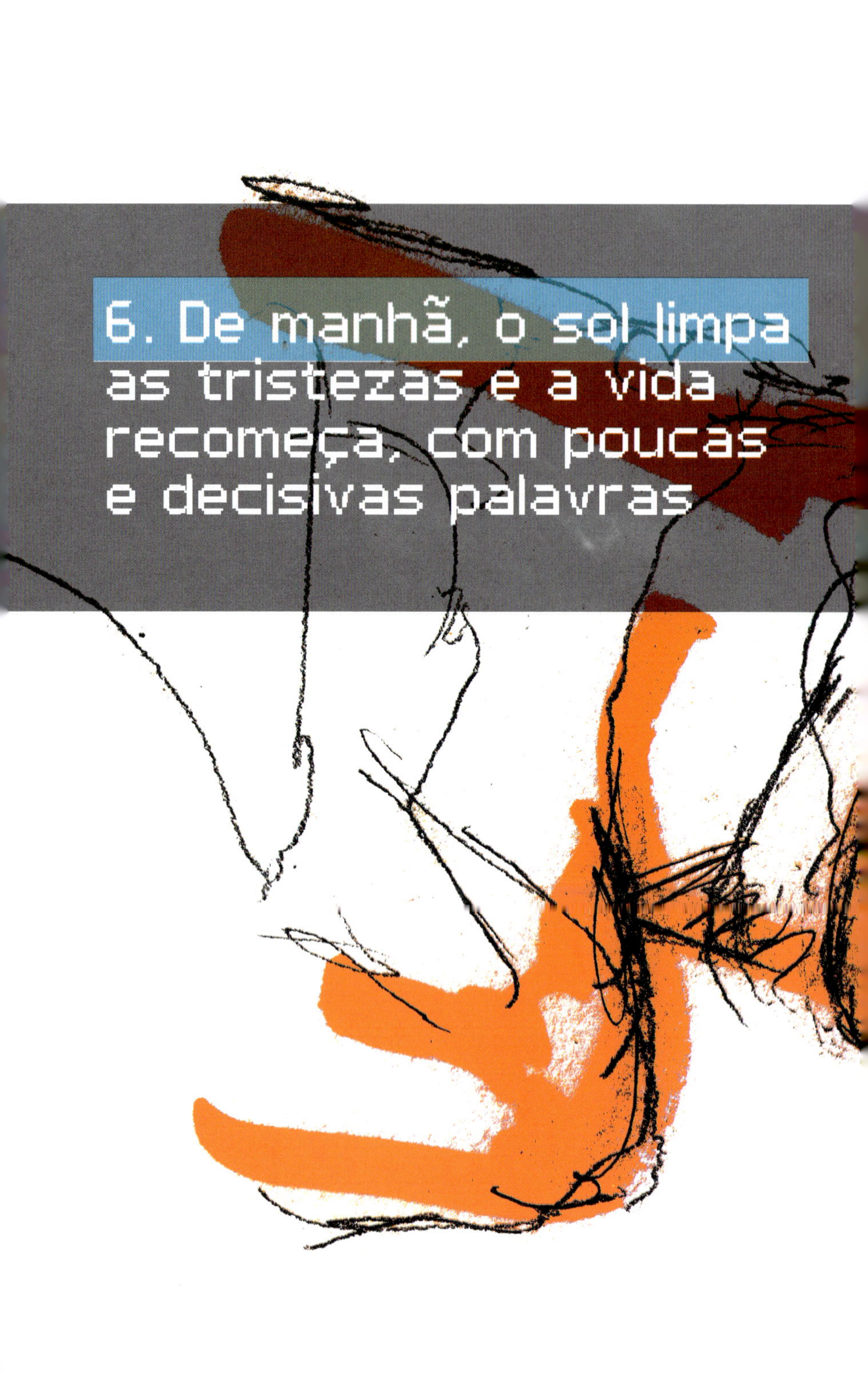
6. De manhã, o sol limpa
as tristezas e a vida
recomeça, com poucas
e decisivas palavras

No dia seguinte, depois da madrugada dilacerante, Cris não foi trabalhar. Tomou as providências necessárias por telefone e ficou em casa, ainda com o corpo dolorido pelo susto, os olhos vermelhos, o coração apertado. Mas respirava melhor. Sabiam, ela e Pedro Paulo, que tinham um grande problema pela frente. Talvez não conseguissem solucioná-lo sozinhos e sem a ajuda de outras pessoas, mas só de saber que a filha estava em casa e que havia disposição para superar qualquer obstáculo, ela respirava melhor. Antes de sair para trabalhar, Pedro Paulo disse:

– Qualquer coisa, me ligue, Cris. Posso dar um jeito e vir para cá.

– Fique tranquilo, Pepê. Tudo depende da conversa que vou ter com ela. Se for preciso, eu o chamo, mas acho que ainda não será necessário.

Pedro Paulo foi para o trabalho, Ricardinho para a escola e Cris ficou em casa. Esperava a filha acordar para conversar.

Esperou, deu tempo ao tempo.
Esperou mais do que queria, mas respeitou o tempo da filha.
Dois dias depois, ela deu sinal de que queria dialogar. E conversou com a mãe, uma conversa, no início, quase monologada, ela falando aos poucos, contando seus dias de inferno, vítima das meninas do Bonde da Maninha. Depois, Cris foi entrando na conversa.

Estas informações merecem a sua atenção

Os atores do *bullying*

O *bullying* é um conjunto de ações derivadas de comportamentos humanos. Portanto, são pessoas agindo e participando de uma ação social condenável, em que estão presentes os agressores, as vítimas e os espectadores.

Os agressores, conhecidos como *bullies*, são aqueles que vitimizam, agridem ou violentam os mais fracos.

Provavelmente, eles reproduzem comportamentos violentos a que foram submetidos e, agindo assim, estão se distanciando dos objetivos da escola, da sociedade, de uma convivência social pacífica.

Entre *bullies*, é possível encontrar um grupo de meninos e meninas que não concordam com a agressão, mas acabam entrando na turma dos agressores com medo de serem eles próprios as vítimas.

Vítimas são as pessoas mais fracas ou fragilizadas por alguma razão que sofrem os insultos, as intimidações, as agressões e violências. Normalmente, elas sofrem com a baixa autoestima, padecem de estresse e perdem o interesse pelos estudos, e seu rendimento escolar cai. Ficam retraídas, e o medo e a insegurança passam a fazer parte de seu cotidiano.

Espectadores são aqueles que assistem aos episódios de *bullying*, mas não o sofrem nem praticam. Em sua maioria alunos que também sentem medo e insegurança, podendo estressar-se.

Nas ações de *cyberbullying*, o número de espectadores é muito maior, o que torna esses atos incrivelmente mais violentos e mais doloridos para quem os sofre.

Estudiosos do *bullying* indicam a necessidade de que todos os envolvidos, principalmente os agressores e as vítimas, precisam de acompanhamento, aconselhamento ou tratamento psicológico.

Os agressores podem se tornar adultos violentos, antissociais ou criminosos, se não forem orientados, acompanhados e tratados devidamente. As vítimas podem carregar marcas dessa violência pelo resto da vida.

– Muita coisa eu escrevi na agenda, mãe.
– Você podia ter conversado com alguém na escola...
– Não dava. Fiquei com muito medo. Elas me ameaçavam direto. E eram ameaças escondidas, disfarçadas. Como eu ia chegar para a coordenadora e falar que um grupo de meninas chamado Bonde da Maninha me ameaçava, me amedrontava, mandava mensagens pelo celular, assim do nada...? Poderia parecer coisa de maluca! Na escola ninguém nunca falou nisso... Parecia que o problema era só comigo.
– Como você vê, o problema não era só seu. Hoje é nosso.
– Então... Mas eu não sabia o que fazer... Fiquei perdida, sem rumo... Doía muito... Eu tinha medo, muito medo... Não conseguia pensar em outra coisa...
– E ninguém da escola me procurou, nem sequer para dizer que você andava faltando... Nem suas amigas...
– Elas foram se afastando. Não sei se estavam sendo ameaçadas também... Não sei... Mas elas foram se afastando, uma a uma... Em uma das vezes que o bando me cercou, a Sílvia estava por perto... Tive a sensação de que ela fingiu que não viu... Saiu de perto, em silêncio... Com um sorrisinho amarelo no rosto, como se aquilo fosse uma brincadeira...
– Brincadeira? Você podia ter falado comigo... Eu teria ido à escola, conversado com a coordenadora, com a diretora, com essas meninas, com as mães delas...

– Fiquei com medo. Não sabia o que podia acontecer... Elas me insultavam... me chamavam de ripa, você sabe por quê, né? Também me ameaçavam... Mandavam bilhetinhos, recados, escreviam na lousa, nos meus materiais... Ripa, mãe, você sabe como eu sofro com isso... Elas foram fundo, bem no meu ponto fraco... Quantas vezes recebi pelo celular mensagens só com a palavra "ripa"... Nem precisavam escrever mais... Uma vez, no banheiro da escola, me fizeram tirar a camiseta... Como eu não quis... tiraram à força... e uma delas bateu uma foto com o celular, a mão de outra apontando os meus seios... Você sabe como sofro com isso... Que nojo, mãe!... Elas têm um *blog*... tem fotos minhas lá... Eu vi uma vez... depois não quis mais... dói muito... e dói a sensação de impotência...

– Como você pôde suportar tudo isso, minha filha? – perguntou Cris, o pensamento voando ligeirinho. A filha magra, muito magra, na passagem para a adolescência, esperava impacientemente o crescimento dos seios, que estava atrasado. Cris já havia levado Mariana ao médico, mas não havia nada de anormal em seu desenvolvimento. "Só o tempo vai dar conta disso. Espere um pouco. O resto está tudo bem, Mariana", disse o médico.

– Não aguentei. Perdi o rumo diante desses acontecimentos. Não sabia o que fazer... O resto você já sabe.

7. Na escola, as primeiras conversas mostram um cenário de desconhecimento

No terceiro dia após retornar à sua casa, Mariana ainda não havia manifestado o desejo de voltar às aulas. Nem seus pais pensavam nisso no momento. Estavam dando tempo ao tempo, conversando com a filha, amadurecendo cada próximo passo.
Decidiram, avançando um pouco mais, conversar na escola. Cris, que já havia retomado suas atividades na bomboneria, ainda que apenas meio período, organizou-se e marcou uma entrevista com Denise, a coordenadora da escola.
Era fim de tarde. Após a saída dos alunos, elas se encontraram para uma conversa que Cris não tinha a menor ideia de como começar, como explicar e o que pedir ou exigir da escola. Mas tinha de ir. E foi.
Cumprimentaram-se. Denise perguntou por Mariana, sem manifestar nenhum sinal de que soubesse o que havia acontecido com a menina.
– Pensei que ela estivesse doente. Quando você me falou que era algo mais grave, eu fiquei preocupada, Cris.
– Vou tentar explicar tudo o que aconteceu, Denise.
– Não é gravidez, não? Essa meninada de hoje...
– Não... é pior do que isso!
A coordenadora não entendeu muito bem o que Cris quis expressar.
– Pior que gravidez na adolescência! Ah... Cris, nada pode ser...

– Pode sim, Denise... Você sabe que, aqui na escola, há um grupo de meninas que se intitulam Bonde da Maninha?
– Bonde da Maninha? Não... O que é isso? Uma dessas bandinhas musicais?
– Antes fosse, minha cara! Antes fosse!
Cris respirou fundo, como se fosse iniciar uma prova de atletismo. E retomou a palavra.
– Eu imaginei mesmo que vocês da coordenação e da direção não soubessem. Se soubessem, certamente teriam agido. Mas o grupo existe e apronta coisas horrorosas, dentro da escola, debaixo do nariz de todos vocês.
– Como assim? Um grupo de meninas que apronta coisas horrorosas aqui, na escola? Brincadeiras de menina, você quer dizer?! Nessa idade, elas são muito brincalhonas, espalhafatosas...
– Não são brincadeiras... Podem até parecer brincadeiras, Denise, mas estão longe disso. Você já ouviu falar de *bullying* escolar?
– *Bullying*? Já, mas aqui... Aqui nunca houve nada parecido com isso... É claro que não estou chamando de *bullying* algumas brincadeiras de mau gosto entre os meninos e as meninas.

Estas informações merecem a sua atenção

Diferenças entre *bullying* e brincadeiras

Muitas vezes, talvez em sua maioria, o *bullying* disfarça-se atrás desta desculpa dada pelos agressores: “Foi brincadeira”. Ou a explicação inocente oferecida pelos adultos, desculpando os agressores: “É brincadeira própria da idade!” Basta perguntar à vítima se ela gostou de ser alvo dessa “diversão” para saber que ambas as desculpas não colam, não pegam, e são injustas. Magoar, insultar, ameaçar e agredir não são brincadeiras.

Bullying e brincadeiras são coisas diferentes. Quer ver?

1. As brincadeiras ocorrem entre amigos e são abertas, às claras. O *bullying* não é ação entre amigos e, na maioria das vezes, é velado, disfarçado.
2. As brincadeiras são passageiras. O *bullying*, ao contrário, é mais longo, repetitivo e frequente.
3. As brincadeiras são superficiais, leves e alegres, causando irritação momentânea. O *bullying* é intenso, profundo e agressivo, e machuca as vítimas, provocando traumas e dores mais profundas.
4. As brincadeiras dificilmente deixam marcas ou causam danos. O *bullying*, ao contrário, deixa marcas, abala a autoestima e causa muito sofrimento.
5. As brincadeiras nem sempre são intencionais e planejadas. O *bullying* é intencional e planejado.
6. Os autores e os alvos das brincadeiras são variados, nem sempre são os mesmos. Normalmente, os *bullies* são os mesmos e as vítimas também.

Deu para perceber a diferença?

– Pois eu vou lhe contar uma história e mostrar alguns registros de escritos da Mariana que podem mudar a sua opinião.
Então Cris contou tudo a Denise. De vez em quando, tomava fôlego, respirava e voltava à narrativa, respaldada pela agenda da filha.
Denise, visivelmente incomodada com o que ouvia, pediu licença para Cris interromper a sua narrativa.
– O que você está me dizendo, Cris, precisa ser ouvido também pela diretora. Não vou escutar essa história sozinha. Espere que vou ver se Jaqueline pode ouvi-la também.

Pense nisso
Conhecer para agir

Só se pode enfrentar um problema quando se toma conhecimento de sua existência. Conhecê-lo é saber como ocorre, por que ocorre e quem é envolvido. Ignorar, fingir que ele não existe ou ser-lhe indiferente só piora a situação.

Denise foi até a diretoria e voltou, instantes depois, com Jaqueline e Silvana, a professora de Língua Portuguesa da Mariana. Jaqueline, a diretora, disse:
– Olá, Cris, se você permitir, vou incluir a Silvana na audiência. Ela é a professora de Língua Portuguesa, de quem Mariana gosta muito. Como estava na sala conversando comigo, ouviu o que a Denise disse e pediu para vir junto. Você se importa?
– Claro que não. Embora ainda seja sigiloso, o assunto precisa ser ouvido por pessoas de bom-senso e que trabalham aqui na escola.

Educação é para sempre
É possível pensar em grupo

Nossos pensamentos são ações mentais individuais, próprias de cada um. No entanto, existem fatos que devem ser refletidos por mais pessoas. Como diz aquele provérbio popular: "Mais cabeças pensam melhor que uma só". Quando algum comportamento ou alguma atitude engloba várias pessoas, isso merece uma reflexão coletiva, abrangendo quem está envolvido.
Dessa forma, um problema coletivo, que envolve muitas pessoas, precisa ser "pensado coletivamente".

A discussão e o resultado dela feitos por um grupo, assumidos por todos, são algumas das ações necessárias para se pensar e resolver problemas. Problemas de natureza social e coletiva devem ser discutidos e refletidos, devendo ser propostas soluções pelo grupo. Principalmente por pessoas responsáveis pela educação e pela orientação comportamental de crianças e jovens: pais, educadores e autoridades.
Muitas cabeças realmente costumam pensar melhor do que uma só.

Cris retomou o assunto e falou um pouco mais. Contou sobre o sumiço da filha, da agonia em busca de informações, da descoberta da agenda, do reencontro. As três educadoras ouviram tudo, em silêncio respeitoso, de surpresa e de estranheza diante do desconhecido. Perguntaram pouco, escutaram muito.
No fim da audiência, antes que Cris pudesse dizer qualquer coisa, cobrando providências da escola (o que certamente faria, pois estava ali para isso), Jaqueline pronunciou-se:
– O que você nos contou, Cris, é muito grave. Nós não podemos ficar de braços cruzados desejando que nada disso tivesse acontecido aqui ou fingindo que não temos nada com isso.
– Você tem toda razão, e pode contar com todo o meu apoio, Jaqueline. Mariana é uma ótima aluna e não merece passar por uma situação dessas, sem que tomemos nenhuma atitude – disse a professora Silvana.

– É... Mas vamos com calma. Não podemos sair por aí acusando nossos alunos sem provas... – disse Denise, meio na defensiva, quase na contramão da conversa.
– Sem provas, Denise? Você está duvidando de mim? – questionou Cris.
– Não... Não... Apenas quis dizer que devemos tomar cuidado...
– Claro que devemos tomar cuidado, Denise – retrucou Cris.
O clima pareceu esquentar entre elas. Cris estava visivelmente irritada com a precaução de Denise, que, na sua interpretação, era exagerada e fora de hora. Mas, antes que tudo pudesse piorar e azedar mais ainda, Jaqueline chamou a responsabilidade para si e deu encaminhamento.
– Fiquem calmas, senhoras. Ainda não sei como agir, Cris, mas prometo-lhe que vamos tomar providências. E a primeira delas é conversar com as meninas do tal Bonde da Maninha e com os pais delas... E faremos isso, Denise, com base na nossa função de educadoras e com a precaução e o cuidado necessários.
– Bem... Espero mesmo que a escola tome providências. Estamos juntos nesse barco. Podem contar comigo – disse Cris. – Na hora que vocês quiserem provas, eu tenho...

– Se precisarmos, eu peço, Cris – disse a diretora da escola.
– E Mariana, Cris? Como ela está? Quando volta para a escola? – perguntou a professora Silvana, ajudando a desfazer o mal-estar.
– Ela está bem... dentro do possível. Conversei com uma conhecida, que é psicóloga, e ela tem me dado algumas orientações. Achamos que ainda não é o momento de Mariana voltar para a escola. Decidiremos isso depois, daqui a pouco. Por enquanto, ela está em casa, de onde não tem saído. Passa os dias lendo ou escrevendo e, às vezes, assiste à televisão. Aos poucos, ela vai retomando o cotidiano de nossa casa, rindo, conversando com todo mundo...
– Sem pressa – sugeriu a professora Silvana.
– Sim, sem pressa. Se vocês quiserem, e puderem mandar-lhe tarefas escolares, eu posso vir buscar e trazer. Vai dar um pouco de trabalho para os professores, mas acho que ela merece isso.
– Eu me encarrego de falar com os colegas professores. Tenho certeza de que ninguém vai se recusar a indicar tarefas e lições. Assim, ela vai retomando a rotina escolar também... – propôs a professora Silvana.

– Obrigada. Vamos em frente – disse Cris.
– Daqui a dois dias, eu vou lhe telefonar para lhe dizer o que vamos fazer. Isso é novidade para nós, e não podemos sair por aí dando tiros a torto e a direito. Temos de mirar bem e acertar o alvo – falou a diretora.
De fato, dois dias depois, a diretora ligou para Cris e deu-lhe algumas informações.
– Cris, já começamos a agir. Marquei uma reunião com o Conselho Escolar para conversar com os conselheiros sobre o tema. Nessa reunião, teremos uma psicóloga escolar falando sobre o *bullying*. Se o conselho aprovar, essa mesma pessoa fará uma palestra sobre o tema, aberta aos pais. Sob sua assessoria, começaremos um trabalho com todos os alunos. E paralelamente vamos conversar com as meninas agressoras. Você está convidada para a reunião do conselho... ou melhor, está convocada para discutir esse tema conosco. Espero que, brevemente, sua filha possa voltar e estar conosco nesta casa de ensino.

O Bonde da Maninha (1)

Jaqueline e Denise identificaram cerca de seis meninas, alunas do sexto ao oitavo ano, como possíveis integrantes do Bonde da Maninha. Conversa vai, conversa vem, com sua experiência, a diretora e a coordenadora foram tirando delas pequenas confissões que davam conta de que formavam mesmo um grupo unido, fechado em um lema semelhante ao dos mosqueteiros, do tipo: "Uma por todas e todas por uma". A princípio, elas negaram qualquer vínculo mais forte do que uma amizade. Depois foram confessando que eram amigas, muito amigas, e se defendiam quando necessário. Mas continuavam negando qualquer ação constante, contínua e repetitiva contra colegas da escola com a intenção de zombar, ameaçar, magoar ou amedrontar.

A citação do nome de Mariana foi um balde de água fria na defesa delas. Uma troca de olhares apertados denunciava alguma coisa. E, sem que fossem questionadas, justificaram como "brincadeiras" o que aconteceu com a garota, mas continuaram negando a existência do Bonde da Maninha.

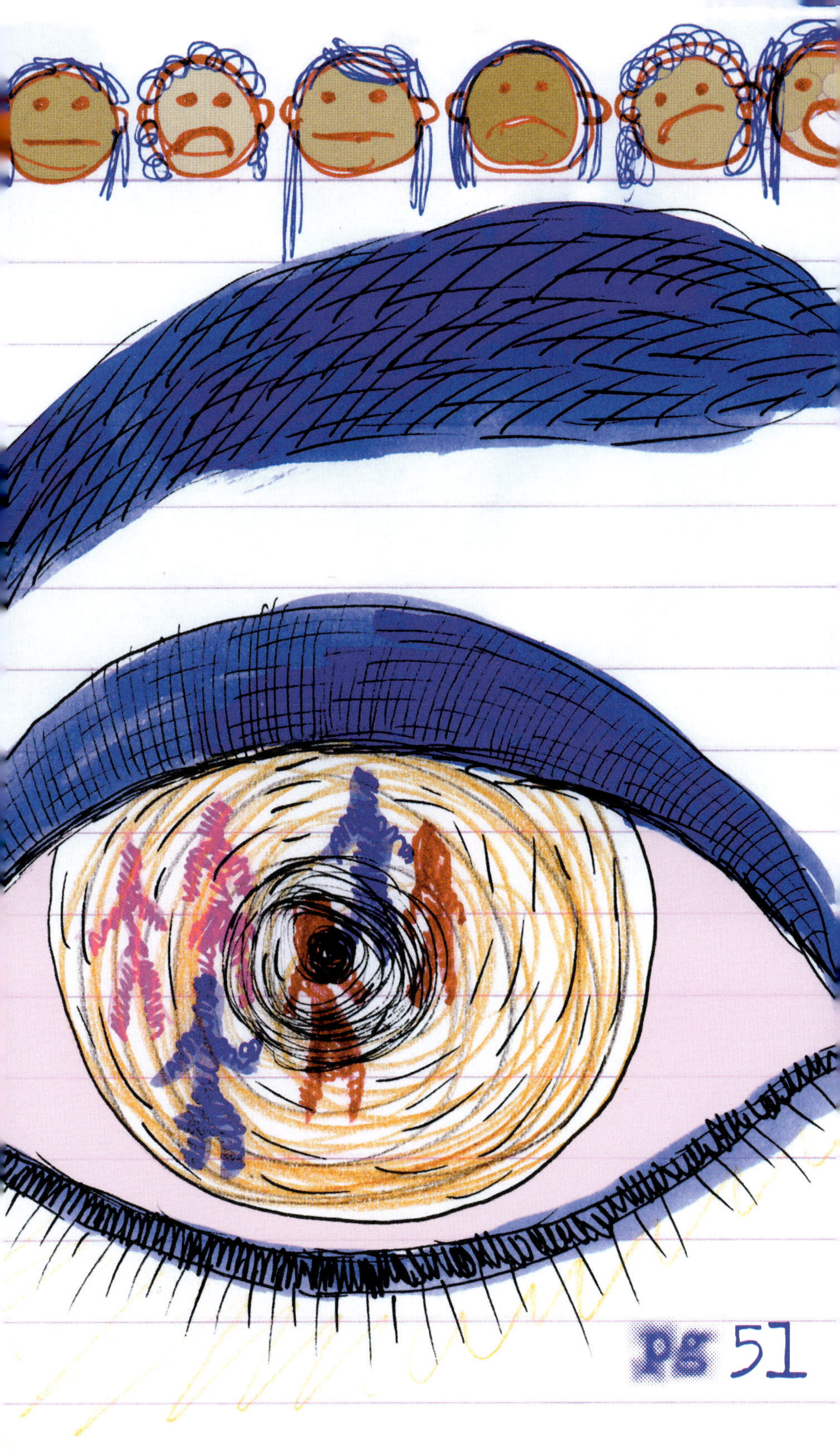

Durante a longa conversa, elas ainda justificaram suas “brincadeiras”.

– Foi brincadeira, diretora. Só isso.

– Brincadeira? Magoar, ameaçar, atormentar, ofender... Isso é só brincadeira? Acho que precisamos conversar melhor sobre o que todos nós, aqui nesta sala, entendemos por brincadeiras.

Jaqueline tinha quase certeza de que elas faziam parte do Bonde da Maninha. No entanto, Denise mantinha uma postura contrária: sem provas, não dava para afirmar nada.

8. Na reunião do Conselho Escolar, o problema começa a ser solucionado e algumas ações são propostas

No dia e horário marcados da reunião, Cris e Pedro Paulo estavam na escola para uma reunião ampliada do Conselho Escolar. Lá estavam funcionários da escola, vários professores e alguns pais e mães. Muitos deles não eram membros do conselho, mas foram convidados, pois eram pessoas com posição de liderança na comunidade. Também estavam presentes representantes da ONG *Bullying* Não, do Conselho Tutelar local e da Promotoria da Infância e da Juventude.

Após abordar brevemente alguns problemas administrativos da escola, o tema da reunião entrou no assunto nobre da pauta: *bullying* escolar.

A palavra foi dada ao representante da ONG, que fez um resumo dos principais sinais e sintomas causados pelo *bullying*.

Estas informações merecem a sua atenção

Sinais e sintomas do *bullying* escolar

Sinais:

- Perder a vontade de estudar e realizar tarefas escolares.
- Inventar desculpas para não ir à escola.
- Pedir para mudar de escola constantemente.
- Sentir-se mal perto da hora de sair de casa.
- Apresentar baixo rendimento escolar.
- Voltar da escola com roupas e livros rasgados.
- Abandonar os estudos.

Sintomas:

- Baixa autoestima.
- Aumento da insegurança e do medo.
- Agressividade em casa.
- Ansiedade.
- Depressão.
- Problemas de relacionamento com as pessoas próximas.
- Sentimentos negativos.

Em seguida, o representante da Promotoria falou sobre a responsabilização dos agressores e lembrou alguns aspectos da legislação brasileira que apontam para isso.

Estas informações merecem a sua atenção

Responsabilização por ações de *bullying*

Veja as seguintes indicações, todas encontradas na legislação brasileira, que podem incriminar os agressores:

Artigo 146 do Código Penal

"Constranger alguém, mediante violência ou grave ameaça, ou depois de lhe haver reduzido, por qualquer outro meio, a capacidade de resistência, a não fazer o que a lei permite, ou a fazer o que ela não manda" é crime de constrangimento legal.

Artigo 147 do Código Penal

"Ameaçar alguém, por palavra, escrito ou gesto, ou qualquer outro meio simbólico, de causar-lhe mal injusto e grave" também é crime, pelo qual o autor deverá responder na Justiça.

Artigo 5º – Lei 8069/90 (Estatuto da Criança e do Adolescente)

"Nenhuma criança ou adolescente será objeto de qualquer forma de negligência, discriminação, exploração, violência, crueldade ou opressão, punido na forma da lei qualquer atentado, por ação ou omissão, aos seus direitos fundamentais".

Artigo 17 – Lei 8069/90 (Estatuto da Criança e do Adolescente)

"O direito ao respeito consiste na inviolabilidade da integridade física, psíquica e moral da criança e do adolescente, abrangendo a preservação da imagem, da identidade, da autonomia, dos valores, ideias e crenças, dos espaços e objetos pessoais".

“Resta alguma dúvida sobre a responsabilidade criminosa dos *bullies* agressores?” – foi a pergunta que ficou na cabeça de todos os presentes na reunião. Em seguida, a palavra foi aberta aos presentes, que se pronunciaram de várias formas, com muitas perguntas, a maioria mostrando desconhecimento do assunto, mas manifestando sua preocupação.

Cris deu um depoimento curto, mas emocionado. Não deu detalhes, mas deixou presente uma preocupação imediata de abordar o assunto mais objetivamente na escola, pois o *bullying* e sua versão mais cruel, o *cyberbullying*, estavam presentes e fazendo vítimas por ali.

No fim da reunião, um grupo foi eleito para começar um trabalho preventivo na escola. Entre os escolhidos, estavam Cris, a professora Silvana, a coordenadora Denise, o professor Antônio Paulo e outros pais e mães.

Paralelamente, Jaqueline decidiu chamar os pais das meninas do Bonde da Maninha para conversar.
Cris e Pedro Paulo saíram da escola mais otimistas, com os corações mais leves. Ainda tinham um problema grave em casa, mas as perspectivas eram boas.

Pense nisso.
Fica combinado:
bullying não é brincadeira

Não é mesmo. Nunca foi, nem nunca será, nem deve ser encarado assim. Magoar, insultar, ameaçar, amedrontar, avacalhar, menosprezar ou violentar alguém não podem ser consideradas brincadeiras por ninguém com um mínimo de juízo.
Vivemos hoje em uma sociedade mais complexa que a sociedade de nossos pais e avós. As coisas mudaram e muito. *Bullying* pode trazer graves consequências para quem sofre (vítima) e para quem agride (agressor) e pode ser criminalizado.
Na mídia têm circulado várias reportagens de pais de alunos vitimizados por outros colegas que entram na Justiça contra os agressores. Já há casos de punição concreta dos agressores.
Também há notícias de que nas Câmaras Municipais de vários municípios foram aprovadas diversas leis contra o *bullying*.
Pense nisso: se você é um *bully* agressor, pode ser punido pela Justiça; se você é vítima, antes que isso lhe cause sérios prejuízos, denuncie.

O Bonde da Maninha (2)

A conversa com os pais e as mães das meninas do Bonde da Maninha foi tensa.

Jaqueline não tinha provas concretas da ação delas. Nem mesmo o *blog*, pois este poderia ter sido criado por qualquer pessoa. De concreto só a história da mãe de Mariana.

A reação dos pais e das mães das garotas foi imediata. A ausência de provas dava força e argumentos para todos. Eles chegaram a insinuar que a escola estava perseguindo as meninas tão somente porque formavam um grupo sólido de amigas.

Apenas uma das mães levantou a possibilidade de que a diretora estivesse falando de coisas concretas. Ela criticou muito o comportamento da filha, dizendo que a garota havia mudado muito desde que se enturmara com aquelas colegas. E que a filha costumava se fechar no quarto toda vez que usava o computador. Prometeu ajudar na busca de mais informações.

A conversa ainda continuou tensa e terminou sem acordo, com Jaqueline de um lado e a maioria dos pais e mães do outro. Ao final, todos prometeram pensar sobre o assunto, mas deixaram no ar sua desconfiança sobre a postura da escola.

Ou seja: de concreto, contra as meninas, não havia quase nada. Apenas as "brincadeiras" que elas confessaram serem apenas "brincadeiras entre elas".

9. Em casa, novas conversas abrem os corações

Cris voltou da reunião da escola bem animada. Conversou um pouco com Mariana, que ainda estava acordada. Explicou o que se passou na reunião e fez comentários.

– Sabe, Mariana, há males que vêm para bem. Às vezes, é preciso que alguém passe por alguma situação para que as outras pessoas tomem alguma atitude...

– Quando essa pessoa é a gente, mãe, é difícil concordar com isso.

– Qualquer coisa que alguém falar sobre o que aconteceu com você será difícil de aceitar, filha... Mas a vida segue e nós vamos enfrentar isso. O importante é que a escola topou encarar o desafio e todos estão se mexendo. A reunião foi ótima...

Cris fez uma ligeira pausa, acariciou o rosto da filha, que se afastou ligeiramente da carícia da mãe, e falou mais ainda.

– Depois da reunião, aconteceu um fato interessante. Duas mulheres que eu não conhecia me procuraram. E sabe pra quê?

– Pra quê?

– Pra dizer que seus filhos, um menino e uma menina, também passaram por situações descritas como *bullying*. O menino já mudou de escola, não teve jeito. A menina ainda continua na mesma escola e ainda leva reclamações frequentes para casa. Nenhuma das duas teve coragem de encarar o fato e cobrar qualquer atitude da instituição. E sabe de uma coisinha?

– O quê?
– Tudo indica que esse grupelho Bonde da Maninha está por trás do tormento dessa menina...
– Puxa vida! Mas ela não reclama...
– Não. Até agora não.
– Até agora... Você quer dizer que...
– Quero dizer que elas toparam falar com a equipe da escola, dar seu depoimento e entrar na briga contra o tal *bullying* e seus praticantes.
Outra pausa. Cris, que ainda não havia se alimentado, propôs à filha que fossem à cozinha comer alguma coisa.
– Eu já comi, mãe.
– Vamos lá comigo. Seu pai está preparando um lanche rápido. Tenho certeza de que ele está fazendo um misto-quente do jeito que você gosta...
– Pra me deixar gordinha? – perguntou, brincando, Mariana.
Cris surpreendeu-se com o pequeno indicador de bom humor da filha.
– É isso mesmo: deixar você bem gordinha.
As duas riram, um riso calmo e pequenino, um meio sorriso que indicava confiança entre elas.
Na cozinha, entre mordidas no gostoso lanche que o pai havia preparado, eles conversaram um pouco mais. E Cris entrou, de leve, em outra conversa com a filha.
– Mariana, há uma coisa que nós vamos ter de encarar...
Mariana olhou para a mãe, desconfiada, mas atenta.

– Você vai voltar para a escola, vai retomar os seus estudos, vai reencontrar seus amigos e, infelizmente, vai cruzar com as meninas que a agrediram...
– Dê-me mais um tempo, mãe...
– Sim... Mas você também tem de saber controlar o tempo que precisa. Ele não pode ser eterno. Nossa vida vai continuar. Tem de continuar.
– Eu sei, mãe. Tenho pensado bastante nisso.
– Também precisa entender que você é como é, não como gostaria de ser.
– Isso eu sei e, apesar de tudo, eu gosto de mim como sou. Pode nem parecer, mas gosto de mim.
– Ótimo. E quem não gosta que aprenda a gostar, que aprenda a respeitar as diferenças. É nisso que vamos trabalhar na escola. Todo mundo terá de respeitar o jeito dos outros e compreender que a beleza do mundo está exatamente na grande diversidade de tamanhos, jeitos, tons de pele, formas, modos de vestir, de falar, de pensar, de sentir, de ser, de aparentar...
– Seria tão bom se fosse assim mesmo...
– Vamos brigar por isso, filha. Uns gostam de cachorro-quente, outros de *pizza* e outros de misto-quente. Se respeitamos isso, por que não respeitar o rosto, o jeito, o perfume, a voz... de cada um.
Cris pediu um pedacinho do misto-quente da filha, para quebrar a tensão da conversa.
– Seu lanche está com uma cara muito boa. Acho que seu pai caprichou mais no seu. Puxa-saco...
– Ah! Coma o seu e deixe o meu só para mim...
– Está bem, gulosa da meia-noite.

Pedro Paulo acompanhava a conversa, meio calado. Não tinha muito jeito para esses papos e admirava a forma como a mulher conduzia a conversa com a filha.
- Você quer outro, Mariana?
- Não, pai. Obrigada.
- Está ótimo, Pepê. Já estamos satisfeitas. Agora só a cama nos espera! E amanhã...
- ... será um novo dia, mãe!
- Será. E dentro de você há uma menina-moça única, muito bonita, que precisa sair e viver a vida...

Educação é para sempre

Ninguém nasce sabendo

Ninguém nasce sabendo, tampouco traz consigo uma bagagem de aprendizados necessários para a sobrevivência.
Viver é aprender. Aprende-se com outras pessoas, com a leitura, com o diálogo, com a experiência dos fatos vividos.
É da natureza dos seres humanos aprender, construir o seu conhecimento. Não é possível adquirir todo o conhecimento disponível no universo, mas é possível e necessário aprender o máximo que cada um puder. É da aprendizagem que se tira a essência para a vida. Aprende-se na escola, em casa, no trabalho, nas diversas instituições sociais de que participamos.
A sociedade é um canteiro permanente de aprendizagem.
Aprender é para sempre.

10. Na escola, as atitudes que apontam mudanças

As coisas caminharam na escola.
– Rápido, Denise. Precisamos agir rapidamente. A situação exige.
– Rápido, mas sem perder o controle da situação, Jaqueline.
– Sem perder o controle, Denise. Com certeza!
Jaqueline e Denise tinham diferentes pontos de vista da questão. Enquanto Denise achava que estavam superestimando um simples problema de relacionamento entre alunos – "Era muita vela para pouco defunto", repetia, como o provérbio popular –, Jaqueline discordava. Principalmente depois de conversar com as meninas e seus pais. "Onde há fumaça há fogo", dizia, repetindo outro provérbio.
Apesar da discordância entre elas, as coisas caminharam. Em pouco tempo, o grupo propôs algumas ações para a equipe escolar:

- Elaboração de uma cartilha para ser distribuída aos pais e alunos.
- Palestras para pais e professores.
- Campanhas contra o *bullying*.
- Criação do Grupo Voluntários Contra o *Bullying*.

A cartilha começou a ser elaborada por três professores. Por incrível que pareça, eles encontraram muito material disponível na internet, em *sites* próprios, artigos de educadores e psicólogos. Muitas organizações não governamentais (ONGs) tinham informações prontas para serem usadas.
Também foram programadas algumas palestras, em horários diferentes, para atender os pais e professores interessados.
O Grupo Voluntários Contra o *Bullying* preparou-se estudando o assunto e reunindo informações. Depois disso, entrou em todas as classes e deu informações básicas aos alunos sobre o *bullying* e suas caras e variações: o que é, como se manifesta, quais são os envolvidos. E, para agitar positivamente o ambiente escolar, lançou um concurso de criação de um *slogan* contra o *bullying*.

Educação é para sempre
Trabalho preventivo contra o *bullying*

O melhor que se tem a fazer na luta contra o *bullying* é um trabalho preventivo. Este segue dois caminhos: o primeiro pela educação e o outro pelo estabelecimento de regras de comportamento, evidenciando limites.

Pela educação, o caminho deve ser o do esclarecimento, do reconhecimento do problema e pelo desenvolvimento de uma comunidade respeitosa com relação às diferenças individuais. Respeitar o jeito de cada um é um princípio fundamental em qualquer proposta de educação inclusiva, cidadã, solidária e de cultura da paz.

Pelo estabelecimento de regras mínimas de convivência, faz-se necessário estabelecer limites para todos: de respeito, de atenção, de gentileza, de amizade, de convivência.

Ambos os caminhos se encontram: pela educação, aprende-se como se deve ser e, pela imposição de limites, descobre-se como comportar-se.

Dessa forma, por esses dois caminhos, será possível proteger eventuais vítimas do *bullying* e alertar os eventuais agressores de que há limites para seu comportamento – passível de punições.

Em ambos os caminhos, o diálogo é a forma de atuação mais recomendada. Falar, ouvir e concluir. Ouvir, falar e concluir. Ouvir e falar e acatar novas ideias. Todos esses caminhos são posturas para que haja um bom diálogo.

Pense nisso

Família e escola na luta contra o *bullying*

pg 71

Família e escola são duas instituições fundamentais na luta contra o *bullying*. Complementam-se.

Em casa, é fundamental que os pais conversem com os filhos e mantenham-se sempre abertos ao diálogo. Saber ouvir e questionar são atitudes necessárias. Perguntar com cautela sem invadir a vida dos filhos e ouvir o que eles têm para dizer, sem crítica. É interessante que os pais participem de atividades promovidas pela escola e saibam mais da vida escolar do filho. Os genitores têm de passar a sensação de segurança e confiança para os filhos.

A escola deve investir em prevenção, sempre orientando os alunos, acompanhando suas atividades e retomando com frequência temas preocupantes na vida de crianças e jovens. A instituição precisa ver nos pais seus parceiros e fortalecer essa relação de parceria.

Vale ressaltar que os pais não são clientes, mas sim parceiros na educação dos alunos. Os professores precisam estar atentos, uma vez que estão sempre perto dos alunos, e qualquer sinal de comportamento antissocial deve ser comunicado à equipe escolar.

11. Em casa, na calada de outra noite, decisões são tomadas

Dois telefonemas animaram Mariana: da amiga Didi e da professora Silvana. Com Didi, a conversa foi a seguinte:

– Estamos com saudade de você, Mariana.

– Obrigada, Didi. Eu também.

– Outro dia, fizemos uma nova eleição para escolher o representante da classe, pois o Kléber mudou-se de bairro e escola.

– Ele saiu da escola? Que pena! Eu gostava dele.

– E sabe qual foi a nossa surpresa? Que você, apesar de não estar na sala nem ser candidata, foi a segunda mais votada.

– Eu?

– Sim, senhora! Você! Se estivesse lá... teria vencido de lavada...

Com a professora Silvana, o papo foi este:
– E aí, garota, pronta pra voltar?
– Quase, professora.
– Estamos sentindo sua falta.
– Eu nem faço falta.
– Faz, sim. Você não está cansada de ficar fazendo lições em casa? Não está com saudade do barulho, da algazarra, da gritaria, da falação?
– Até que estou.
– E nós estamos com saudade de você, do seu jeito calmo e sossegado. Que tal voltar loguinho...
– Vou voltar.
– Promete?
– Prometo.
– Então está prometido, e estamos esperando você. Pra logo, muito logo.

Mariana gostou de falar com a amiga e com a professora. Conversar com elas mexeu com seus sentimentos. Deu uma vontadezinha gostosa de rever amigos, e pisar o chão da escola, de ver-se lendo e escrevendo, discutindo trabalhos. Mariana abriu a mochila, olhou carinhosamente para alguns objetos ali guardados.

Apanhou sua agenda, que andava esquecida em um canto da mesa de trabalho. Olhou para o alto, o olhar perdido em algum ponto, pegou uma caneta e começou a escrever na agenda.

27 de maio

Hoje faz uns bons dias que eu não vou à escola. Confesso que tenho um sentimento meio duplo. Ao mesmo tempo em que sinto saudade, também tenho lembranças ruins. Procurei nesse tempo esquecer tudo o que aconteceu comigo. Impossível, pois fez parte da minha vida. Não dá para apagar, riscar, rasgar, tirar, esconder. Aconteceu.

Procurei pensar e pensar por que aconteceu. Teria sido porque um dia, em uma aula qualquer, que eu nem me lembro, a Luísa me pediu o caderno de tarefa para copiar, pois ela não tinha feito? Não emprestei, pois já estava na hora da aula. E porque não tinha nada a ver. Como eu fiz, ela poderia ter feito. Depois desse dia, ela não me cumprimentou mais, não me olhava, até o dia em que me cercaram no recreio. Esse meu jeito de ficar na minha, de não brigar, de não posar de valente... E minha magreza... elas aproveitaram disso.

No começo, achei que fosse brincadeira de mau gosto, mas passageira. No entanto, as agressões continuaram com frequência e foram ficando mais duras, mais insuportáveis. E eu não tive coragem de reagir, não sabia como enfrentar, não quis comentar com meus pais. Quando dei por mim, elas tinham invadido minha vida e eu não sabia como sair da situação. Fui vítima três vezes: das agressoras, de mim mesma, que não soube reagir, e de todo o mundo que sabia que alguma coisa estava acontecendo, que via alguma coisa, mas ficava de boca fechada.

Esse tempo de conversa com minha mãe e com a psicóloga amiga dela me fez ver isso e outras coisas mais.

Semana 34

23 Segunda-feira

24 Terça-feira

Aliás, cá entre nós,
conversa gostosa, franca,
sanduíche de noite,
carinho de pai e mãe e
confiança só fazem bem.
Não me sinto mais culpada,
nem o sofrimento me
atormenta mais. O medo,
esse parece que sempre
ronda a vida da gente,
mas preciso lidar com
ele. Acho que já tomei a
decisão de quando voltar
à escola. Direi isso daqui a
pouco para minha mãe.
Mariana

P.S.: Meu corpo magro continua desse jeito e, se assim for por mais tempo, é com ele que vou viver. Gosto de mim assim como sou, e quem quiser ser meu amigo e minha amiga que também me respeite e goste de mim assim como sou.

– Amanhã!!! – disse Mariana.

– Amanhã? Como assim? – perguntou a mãe.

– Ué... Eu decidi. Por quê, você não gostou?

– Oh, minha filha. Eu adorei. E gostei mais ainda porque foi você, sozinha, que tomou a decisão.

– Estou pronta para voltar, mãe. E vamos ver no que vai dar.

– Vai dar certo.

– Então, me acorde amanhã no horário de sempre. Café com leite, pão com manteiga, daqueles que só você sabe preparar, e vamos lá...

Cris deu um beijo e um abraço carinhosos na filha e foi cuidar da vida. O dia seguinte traria, certamente, uma nova emoção. Nem só de pão com manteiga e café com leite vive o coração de uma mãe e de um pai. Há mais coisas entre uma noite bem dormida e o café da manhã.

12. Na escola, novas emoções esperam Mariana

O Bonde da Maninha (3)

Jaqueline pensou muito antes de tomar a decisão. Não queria errar, não queria ser injusta com ninguém. Nem se omitir. A decisão seria dela, já que não sentia firmeza em Denise.
A coordenadora estava reticente, com medo de tomar uma decisão. Mas a situação na escola não permitia que se "empurrasse com a barriga" o que havia acontecido. Sua experiência de tanto tempo convivendo com crianças e jovens lhe dava certa tranquilidade ao afirmar que Luísa tinha algo a ver com o Bonde da Maninha. Faltavam provas, mas sobravam indícios. E ela não podia deixar passar em branco. Mas a única coisa que tinha de concreto contra as meninas era a confissão das "brincadeiras". Por enquanto, pensou e decidiu, isso bastava. Uma advertência para Luísa, a líder do grupo, seria suficiente. Um grito de alerta. Pediu que chamassem a garota para sua sala.
Quando Luísa chegou, Jaqueline explicou-lhe a advertência. Mas não esperava a reação descabida da menina.

Nem deu tempo para Mariana se preocupar com detalhes: o uniforme alinhado no corpo magro, a mochila nos ombros, o portão da escola, o encontro com as amigas, o barulho, o trânsito, o aroma do ambiente, o cheiro do material escolar, a poeira fina do giz, o sinal estridente, a fila que não era fila, o barulho das carteiras acomodando-se ao corpo dos alunos... Mariana enturmou-se, um pouco ressabiada, mas segura. Respondia aos cumprimentos e às perguntas formais dos colegas de classe. Foi sentar-se em seu lugar de sempre. Os olhos buscaram Luísa, mas a garota não estava. Ficou sabendo depois pelos colegas que ela havia recebido uma advertência da diretora e respondera, gritando, xingando, fazendo acusações. Agira como um bicho, esperneando e soltando palavrões para todo lado. Depois da confusão desrespeitosa, teria de voltar à escola acompanhada pelos pais. O que não tinha acontecido, pelo menos até aquele momento do início das aulas. Falaram também de um acompanhamento psicológico para ela.

Depois das primeiras emoções, impressões e conversas, tudo voltou ao normal: os colegas puxando assunto, cumprimentando ou acenando, o assento da carteira escolar onde ela se acomodou e o início das aulas. Geografia, Inglês, Matemática...
No intervalo, ocorreu a zoeira de sempre; Mariana, ainda um pouco desacostumada com a liberdade dos quinze minutos, comeu o lanche, tomou um suco, andou pelo pátio da escola. Não viu nenhuma das meninas do Bonde da Maninha. Nem perguntou por elas, nem as procurou. Não sabia o que podia ter acontecido com elas. Só sabia o que havia escutado sobre a atitude de Luísa. Ficou na sua, acostumando os olhos, os passos e o corpo ao espaço da escola. Não imaginava o que poderia acontecer se topasse com uma delas. Estava intimamente preparada e, na hora agá, se necessário, agiria, daria a resposta.

No fim do intervalo, levou um susto quando o seu celular tocou. Inicialmente, vacilou e quase não atendeu; no entanto, voltou atrás e atendeu. Era apenas sua mãe, querendo saber se estava tudo bem com ela.
E nada mais, além do susto provocado pela ligação do celular, aconteceu. Nada que pudesse alterar o seu humor, seu estado de espírito na ocasião do retorno à escola. De diferente mesmo, só a presença de Danilo, um dos meninos de sua classe. Ele conversara um pouquinho com ela. Perguntou se estava tudo bem e ouviu a resposta, depois falou um pouco do que havia acontecido na escola, na ausência dela; por fim, deu um "tchau" e disse por entre os dentes, em meio a um sorriso enigmático:
– Sentimos saudades de você.
Ela foi pega de surpresa.
"Logo o Danilo, um dos queridinhos da turma. Seria o caso de permitir que meu coração, que andara abalado por outras razões, acelerasse as batidas?", pensou.
Mariana nem teve tempo de analisar o que havia acontecido ali naquele breve instante de tempo e ouviu, em seguida, o outro sinal, indicando o fim da liberdade. Após o movimento descontrolado de sempre e o aumento momentâneo da gritaria e do corre-corre, aos poucos, a escola foi voltando ao normal.

Na classe, nova aula, dessa vez de Português, com a professora Silvana. Ela cumprimentou os alunos, pediu que eles se acomodassem para o início da aula e deu as boas-vindas a Mariana.

– Temos um trabalho novo. Nós vamos fazer uma cartilha chamada *Escola Solidária*. Todos vão participar com ideias e sugestões. Em seguida, um grupo formado por professores, alunos e pais vai escolher o conteúdo do texto. Depois de pronta, a cartilha será impressa e distribuída para todos os alunos, professores, pais e pessoas da nossa comunidade. O trabalho vai ser assim...

Silvana explicou a dinâmica do trabalho:

– Vamos nos dividir em seis grupos. Cada grupo será formado por cinco pessoas, entre meninos e meninas. Dessa vez vamos misturar bem os grupos. A composição deles será feita por sorteio. Depois de formado, cada grupo vai ler um texto diferente. Após a leitura, todos vão sugerir algumas frases que poderão ser selecionadas para a redação final da cartilha. Vocês terão o prazo de duas aulas para fazer isso. Toda a escola está envolvida neste momento, pois as duas próximas aulas serão dedicadas a este trabalho. *O.k.*?

– E os grupos, professora? – perguntou um dos meninos.
– Formaremos agora, por sorteio.
Sorteio feito, grupos formados: Mariana, Sílvia, Zeca, Dri e... Danilo. Este era o grupo de Mariana.
O garoto abriu um sorriso e disse para ela:
– Vai ser muito bom trabalhar com você!
Mariana sorriu um sorriso quase colorido e gostou do que ouviu. Gostou tanto, que liberou o coração para outro tanto de batidas aceleradas.
O texto para leitura foi distribuído pela professora. Tinha o curioso nome de "Bote a boca no trombone".

Bote a boca no trombone

Vamos falar sobre o *bullying*.
Do *bullying*, atitude covarde dos valentões que se acham melhores e mais poderosos do que os outros, você já sabe um pouco. No entanto, o *cyberbullying*, mais covarde ainda por ser quase anônimo e por utilizar-se dos meios de tecnologia de informação poderosos, como o celular e a internet, deve merecer ainda mais a atenção de todos.
Vamos falar da necessidade de botar a boca no trombone toda vez que você tomar conhecimento dessa prática ou for vítima dela.
Os valentões covardes disfarçam suas atitudes com a conhecida e manjada frase: "Isso é só uma brincadeira!" Com isso, eles escapam de punições e continuam praticando sua ação antissocial. Afinal, quem vai querer punir ou castigar uma criança ou um jovem só porque está "brincando", não é?! Se os que estão por perto aceitam isso, pronto: a maldade passa por brincadeira, a covardia está mascarada e o assunto fica resolvido. Só que... pimenta nos olhos dos outros não arde na gente.
Cá entre nós, brincadeira é coisa séria.

Ela é da turma da alegria, da felicidade, do lazer, do prazer e dos bons momentos.
Então... se você cruzar por aí com um insulto, gozação, agressão moral ou física, disfarçados de brincadeira, bote a boca no trombone. Tire o *bullying* da caverna, da sombra, do escuro, da zona do limbo e denuncie.
A melhor forma de fazer isso é ler mais sobre o assunto, prestar atenção ao que acontece perto de você, respeitar regras de boa convivência, conviver com as diferenças das pessoas e procurar alguém que possa ajudar na luta contra essa prática danosa e daninha.
Seus professores, os dirigentes da escola e seus pais ou responsáveis por você são os primeiros ouvidores preparados para o som do seu trombone.

Leia o texto e troque ideias com seus colegas:

Discuta o problema, sem citar nomes ou revelar situações.
Em seguida, com o grupo, crie cinco frases que possam fazer parte da cartilha *Escola Solidária*, dando dicas de comportamento relativo à denúncia do *bullying* e do *cyberbullying*.
O trabalho de seu grupo irá compor, com os outros trabalhos, os demais itens da cartilha.

Bom trabalho!

Após lerem o texto, os alunos discutiram, trocaram ideias e criaram as frases, de acordo com a orientação da professora. Era para eles criarem cinco frases, mas os grupos fizeram mais.

Frases criadas pelo grupo de Mariana

"Não assista passivamente a atos de brincadeiras cruéis."

"Não participe de ações que possam magoar, insultar, ferir ou agredir seus colegas de escola."

"Não se omita."

"Cobre de seus amigos atitudes de respeito aos outros."

"Dê apoio a algum(a) colega que esteja sendo vítima de *bullying*."

"Não aceite ser vítima. Reaja."

"Procure alguém que possa resolver esse problema."

"Discuta com seus amigos diante de brincadeiras cruéis."

"Diga não ao *bullying* em qualquer situação."

Em seguida, os alunos entregaram as frases para a professora, desfizeram os grupos, e a arrumação da sala voltou ao que era antes. Antes que cada um retornasse a seu lugar, Danilo aproximou-se de Mariana e entregou-lhe uma folha de papel dobrado, dizendo:

– É o rascunho do nosso trabalho. Você quer guardá-lo?

Ela pegou o papel da mão dele e respondeu:

– Pode ser. Vou guardar... Nunca se sabe do que precisaremos, não é?

Ao que ele respondeu, afastando-se.

– É verdade. Aí tem anotações interessantes. Acho que você vai gostar...

13. Na agenda, o fim de uma história e o começo de outra

Depois de conversar com a mãe pelo telefone, dando-lhe notícias de como fora seu dia na escola, Mariana almoçou e foi para o quarto. Lembrou-se do rascunho que havia recebido de Danilo e resolveu guardá-lo em outro lugar. Pegou o papel e, antes de guardá-lo, deu uma olhada rápida nos registros. E, para sua surpresa, entre as anotações feitas sobre a discussão, com esferográfica azul, havia outras coisas escritas com caneta vermelha. E, mais surpresa ainda, Mariana leu frases soltas que diziam:

Mariana é uma gracinha. Ela tem um jeito muito especial de falar. Sua boca é bonita, bonita! Saudadinha dela. Bem que ela podia olhar mais vezes para mim.

Mariana deu total liberdade a seu coração para vibrar, bater, acelerar, pular de ponta-cabeça, virar pelo avesso, sair correndo pela boca... A letra era de Danilo, não havia dúvida. O papel não havia saído da mão dele durante o trabalho; portanto, somente ele e mais ninguém poderia ter escrito aquelas frases.

– Poxa vida... e agora?

Agora... era noite, mas o escuro não metia medo nela. A mãe havia chegado em casa, e elas tiveram uma conversa intensa e gostosa sobre a escola. Mariana fez quase um relatório, mas guardou para si, para seu departamento pessoal, as frases do Danilo. Não contou para ninguém. E se não fosse nada daquilo que ela estava pensando? E se fosse outra Mariana. E se...

Sozinha no quarto, pegou sua agenda
e começou a escrever outra história,
que ainda estava em aberto e mal
começara.
Mariana teria dias e dias pela frente
para se reconhecer outra pessoa,
com outros interesses e pronta para
responder bem às propostas da vida.